燈塔的一天 林傳宗

側寫林傳宗

傳宗傳來的感動 ／曹俊彥（資深圖畫書創作者）

　　他是我以前在出版社服務的同事，大家欣賞他的活潑和天才，都暱稱他「小師弟」。他創作圖畫書，以及在期刊雜誌和學校課本裡畫過無以計數的插畫。他的畫，不論是人物、動物、植物或器物的造型，都自然的流露出簡約而帶著玩具趣味的遊戲性格。因為頗能吸引讀者的興趣，相當受到文字作者和編輯們的喜愛。但是從當時我們私下的談話，可以了解，他很在意透過圖畫書創作，能為自己生長的土地做些什麼，透過圖畫書，想傳達什麼給讀者？

　　因為熱愛生長的土地，行動不是很方便的他，卻最勤於四處走動，感受台灣的美。曾經乾脆帶著繪圖工具，自己開車到許多自己喜愛的風景點，就在美景中創作。相信，基隆和台灣北部的山林與遼闊的海洋景觀，都有靈氣注入其作品中。

　　傳宗生於基隆，長於基隆，父親又是船長，加上對土地的愛，很自然的在他身上、心中孕育出這樣一本書。本書的出版，對他來說應該有一種感動，而這種感動在同樣喜愛這片土地的讀者心中，應該會有相當程度的共鳴吧！

林傳宗　基隆人，1963 年出生。喜歡畫圖、喜歡旅遊、喜歡看電影、喜歡閒逛、喜歡聊天、喜歡喝養樂多。
對大海、漁船有深刻的感情。畫圖是工作，也是樂趣。作品曾獲文藝創作獎、好書大家讀；第十、十一屆洪健全兒童文學獎。

畫說海港生動豐富的一天 ／ 張素椿（兒童文學研究者）

這本書中的燈塔，雖然一再出現在每一個畫面上，除了白天和夜晚陽光的變化，以及燈光開啓的差別之外，燈塔本身的變化其實並不大，但作者以看得見燈塔的海港各個角度取景描繪，燈塔的位置有時在正中央，時左時右，也有從空中鳥瞰，綜合這十幾幅畫，呈現了海港生動豐富的一天。

從畫面上，讀者可以欣賞到清晨、日出、正午、午後、黃昏以至天黑變化多端的天空、山色與海水；也可以看見岸上來來去去不同時間活動的人群，以及從燈塔旁進出港口的各式各樣大小船隻。

這本書的作者使用不透明的濃彩作畫。天空與雲彩或明或暗，加上晨曦、晚霞與星辰，在海平面上與海水互相輝映。閃耀著陽光的海水，以平塗的底色加上短短的筆觸做水波的畫法，時而耀眼，時而碧綠、蔚藍與深邃；船舶行駛其上，在左方那一脈或迷濛或蒼鬱的山系襯托下，表現出一個台灣港口的美麗風貌。

在海洋與陸地交界之處，是長長的堤防。相對於山系，天空與海洋一天中的色彩變化，這堤岸上也由一波波的人潮上演各種有趣的活動。這些在大海之前顯得渺小的人們，雖然沒有畫出五官表情，生動的肢體令讀者對他們的活動一目了然；除了靜態的作畫、攝影、看海等，也有動態的交談與呼叫的歡愉，空間與情境的表現非常傳神。

船也是本書的重點，它們不但遠近大小不一，形式色彩也不相同。船先後駛過燈塔，以燈塔的高度作基準比較，可以看出有的船小巧有的卻似龐然大物。船身造型也因它的功能而有所不同，它的角度不論右側、左側，或是俯瞰，皆以色面加上一些點、線來完成，簡潔明朗。

略掉文字，以無字書的型態來表現這本書非常恰當，一則畫本身對景的描繪已經美不勝收，再則無字能令讀者用自己的速度，仔細的看作者在畫面上的表現與細微的安排。以文字來形容天空或海洋，在此文字也許能說出來各種船的名字，但那是知識性的傳達，似乎並不是此書的重點。

移動的光　柔的展現 / 凌拂（知名童書作家）

這本書展現的是港邊的一天，台灣沿海的一個小地方。全書沒有文字，但有情節，光影移動，港邊的一天就在精微幽細中平遠開展。

讀這本書像讀一部無聲的默片，故事在光影移動中推進，沒有文字但故事是存在的，就像散淡的一天，如果你看不出，它就過去了。

不過書的好處是可以再來一次。以燈塔和眺望台為視覺移動的定點，導引兒童，畫面一直在動，緩慢的像我們在岸上遠遠看輪船移動的那種速度，海的顏色，天的顏色，山的顏色，漸層遞轉，讀色彩，讀光度，日影靜靜的移動，一寸一寸讀出一天的變化。

我曾帶四年級的小朋友讀這本書。四年級的孩子二秒鐘就翻完了，大聲說：「老師你好無聊，這本書一個字也沒有，你給我們做什麼？」

「是啊！一個字也沒有，可是書名為什麼叫《燈塔的一天》呢？」

孩子又翻了一次。有人很快的舉手，大聲說：「我知道，因為每一頁都有一個燈塔。」

「是嗎？如果這本書不叫《燈塔的一天》，你們覺得還有適合它的書名嗎？」這回小朋友又翻了一次，看得更仔細了。片刻，有人舉手說：「我可以叫它『港邊的一天』。」

「為什麼你叫它『港邊的一天』呢？說說看。」

就這樣，我們把這本書翻了一次又一次，逐漸發現移動的光，光裡的細節，細節裡的故事，寂靜又熱鬧的一天。

下課前，一個小孩由然下了結論：「啊！這本書一個字也沒有，原來也這麼好看。」

這是導引的過程。閱讀需要策略，互動的目的在抽絲剝繭，否則很容易翻兩下就過去了。

我也用這本書轉入作文教學，以這本書為情境，孩子取景不同，書寫也不同。有人寫了「海邊的一天」、有人寫了「燈塔的自述」、有人寫了「午後的堤防」……。

書的運用可以經由互動，變成一種再創造，書的活化，也是孩子生活經驗的活化。

燈塔的一天

文・圖｜林傳宗

步步出版
執行長兼總編輯｜馮季眉
編輯｜徐子茹、陳奕安
美術設計｜蔚藍鯨

讀書共和國出版集團
社長｜郭重興　發行人暨出版總監｜曾大福
業務平臺總經理｜李雪麗　業務平臺副總經理｜李復民
實體通路協理｜林詩富　海外暨網路通路協理｜陳綺瑩
印務協理｜江域平　印務主任｜李孟儒

出 版｜步步出版　發行｜遠足文化事業股份有限公司
地 址｜231 新北市新店區民權路 108-2 號 9 樓
電 話｜02-2218-1417　傳真｜02-8667-1065
Email｜service@bookrep.com.tw　網址｜www.bookrep.com.tw
法律顧問｜華洋國際專利商標事務所 蘇文生律師
印 刷｜中原造像股份有限公司

初版｜2017 年 1 月　初版五刷｜2022 年 1 月
定價｜320 元
書號｜1BTI1004
ISBN｜978-986-93438-6-2